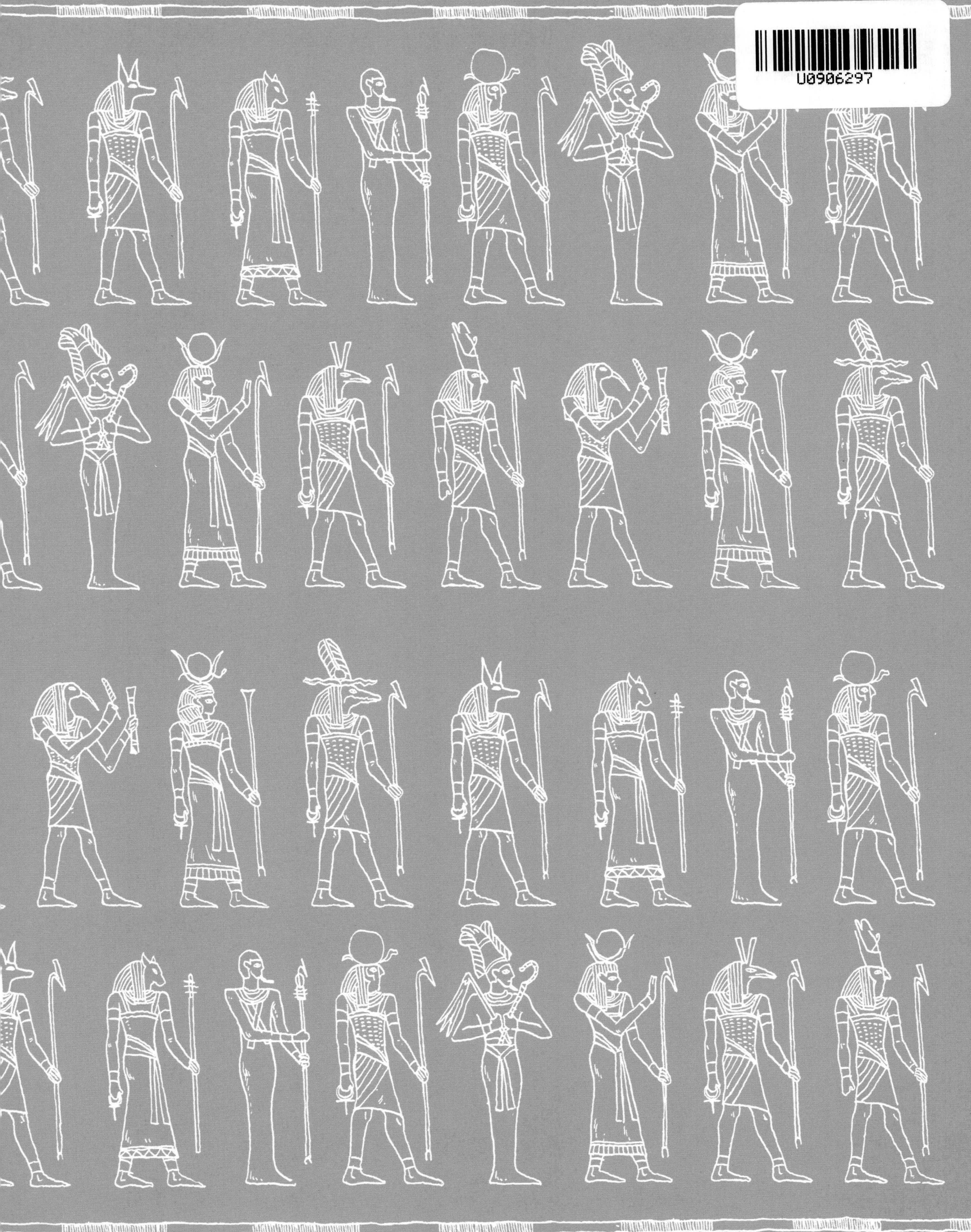

献给我的女神阿加特。

——拉斐尔·马丁

献给奥雷利安，在这个世界上，可不是只有恐龙的脑袋长得很奇怪啊！

——让－克里斯托弗·皮耶特

献给我的父母及兄弟，还有露西尔。

——德瑞安·德罗什

埃及众神

浪花朵朵

[法] 拉斐尔·马丁
[法] 让 - 克里斯托弗·皮耶特 著
[法] 德瑞安·德罗什 绘

埃及众神

陈剑平 译

上海文化出版社

前 言

谁没有梦见过猫神巴斯特，谁没有在鳄鱼神索贝克的血盆大口前退缩，谁又没有在胡狼神阿努比斯面前胆战心惊呢？几千年来，当人们参观埃及那些大大小小的庙宇和雄伟壮观的宫殿时，谁不被墙上那些神态各异、惟妙惟肖的埃及诸神像吸引呢？

从出生到死亡，从法老的宫殿到普通百姓的小屋，埃及诸神无时无刻不陪伴着尼罗河两岸的人们。墙上、首饰盒、项链，甚至孩子的摇篮里，他们的样子、名字和标志无处不在。人们在任何时候都可以膜拜他们，他们就在那里，护佑着一切。

现在就让我们拨开埃及象形文字里的层层迷雾，和古老的埃及诸神相逢吧！

关于埃及的七个秘密

古埃及的文明源远流长，从第一代法老美尼斯到公元前 30 年去世的著名艳后克里奥佩特拉，历经 3000 多年，是世界上古老而又璀璨的文明之一。

尼罗河的赏赐

尼罗河是世界上最长的河流，影响着埃及人的生活。他们不但在河里洗衣服，在产鱼的水域捕鱼，在河上用船运载货物，还期待着每年的洪水。因为大水会给两岸带来肥沃的淤泥，这些淤泥是小麦、大麦、亚麻的绝佳肥料。可以说，埃及的一切都依赖于这条大河，否则古埃及的文明不会持续这么久，在人类的历史上不会这么耀眼。古埃及的土地沿着尼罗河绵延数千公里。南部是上埃及，包括底比斯（或卢克索）等众多名城；北部则是尼罗河冲积平原上的下埃及，包括孟菲斯、“太阳城”赫利奥波利斯等城市。尼罗河最终会冲进地中海的怀抱。

双雄争霸

上下埃及原来十分对立，随着时间的推移，它们逐渐和解、统一。正是这个原因，法老的头冠是由两部分组成的双冠：既有代表下埃及的红色部分，也有上埃及的白色部分。这说明，法老希望原来争斗的上下埃及，能够最终和解与相容。

至高无上的法老

在埃及，法老就是神的化身，拥有至高无上的权力。人们在公众场合不但不能直视他们，还要向他们行礼。而作为沟通神界与人间的代表，他们也要履行自己的职责：组织祭祀，让百姓吃饱，以及用强大的军队抵御来犯之敌。

书写

文士是法老的众多谋士之一，也是唯一掌握文字的人。他们在纸莎草做的纸上记录下法老的命令。埃及文字不是字母文字，而是类似于图形的象形文字。长久以来，人们都不知道这些文字的含义，直到十九世纪，法国著名学者商博良才发现解读方法。由于过于激动，他当时还晕倒了，昏迷了好几天。

无与伦比的建筑

现在，当人们参观卡纳克或卢克索的神庙，面对狮身人面像或者帝王谷的墓葬时，无不对这些能工巧匠的精湛技艺赞叹不已。而其中最有名的胡夫金字塔更是世界七大奇迹中仅存的一个。这座巨大的陵墓耗时近 20 年，用了 200 多万块石头！在建造中死去的奴隶和工人多达数千人。

奴隶、祭司和农民

埃及社会自身也像一座金字塔一样，等级森严。最底层是农民，在当时，十个埃及人中有九个都是农民！往上一层，就是在路上四处能碰到的匠人、商人和士兵，也包括战争中掳掠来的充作家仆或劳工的奴隶。而在社会的上层是特权阶层，包括官员、抄写员，也包括拥有土地和庙宇，还能通灵的祭司。当然，这座金字塔的最顶层就是法老。

永生

埃及人把死亡看作通向另一个世界的旅程。要想得到永生，需要满足三个条件：首先是肉体不灭，为此他们发明了一种保存肉体的方法——制作木乃伊，从拉美西斯二世和图坦卡蒙历经三千多年、保存至今的木乃伊来看，这种方法是可行的；第二个条件就是名字不死，他们认为只要在某个地方，还能读到这个人的名字，那么他就没有死；第三个条件就是接受神的审判。

目录

拉
创世之神

太阳神

他是时间和岁月的主宰。不需要成为埃及学家，人们也能从寺庙的墙壁上辨认出他的身影。他头顶日轮，人身鹰首，日轮上缠绕着可怕的眼镜蛇。这位强大的神的眼睛是太阳，能够从东方横扫到西方，从不眨眼。

每天早上，伴着他炙热的目光，人们起床，下地耕种。日复一日，年复一年，他也护佑着庄稼和大地。但是，惹怒他会导致干旱和饥荒。

世界起源

拉出生在大洋深处一个荒芜的小岛上，那里全是黑夜。那时世界还不存在。至今无人知晓拉是从一朵莲花中诞生的，还是从一位女神在这蛮荒之地产下的蛋中孵化出来的。但无论如何，他一出生，黑暗就散去，世界顿时充满阳光。就这样，拉创造了一切，从此大地和万物才开始出现。根据传说，由于阳光过于耀眼，拉开始哭泣，人类就从他神性的眼泪中诞生了。

天空中的船夫

拉每天都在航行，他坐在自己的太阳船里，从东边航行到西边。他的一天反映了人类的生活。黎明时分，新生的拉发出了第一束微弱的光芒。随着时间的推移，他变得更加自信和明亮。正午时分，他的力量达到了顶峰，他高悬在人们头顶，阳光普照四方，光芒耀眼；然后，他的活力开始退去，随着时间的推移，他慢慢下降；晚上，他逐渐消失在地平线下。

下到冥界

那么每晚，筋疲力尽的拉消失于地平线后发生了什么呢？第二天早晨，埃及的太阳又是如何奇迹般地从天空的另一边升起来的呢？拉晚上的这段行程，被刻在帝王谷深处的法老图特摩斯三世的陵墓上。原来，当拉从地平线消失后，就下到了冥界。此时，他的头也不再是鹰隼头，而是变成了公羊头。在被称作杜阿特的冥界，冥河奥任尼斯永不停歇地流淌着。是不是这条河挡住了拉的去路，让他只好沉睡在幽暗的河岸上，第二天无法再次升起呢？当然不是，什么也阻挡不住他的脚步——他会勇敢地跨过那浓浓的黑水，战胜无尽的黑夜，第二天骄傲地从世界的另一端再次升起。

象形文字中的拉

晚上的太阳神

夜晚，在奥任尼斯的岸边，太阳神会找到他的月亮船[①]。这时，还会有赶来帮助他的神祇。有些会和他一起上船，有些会在岸边用纤绳拉船。还有很多船护送太阳神到安全的地方。虽然一路上还会遭遇毒蛇、蝎子和鳄鱼，路途十分凶险，但在狼神乌普奥特的护送下，太阳神拉会安全到达冥王奥西里斯的地界。奥西里斯每天晚上都在这里等他，给他第二天再次升起的力量。当然，这一夜必然会十分的不易，因为暗中有力量在窥视着他。

再次升起

每晚熟睡的人们，知道地下的搏斗决定着他们的命运吗？在拉前进的路上，有一条叫阿波斐斯的大蛇专门拦他的路。这个怪物总会静静地躲在暗处，然后突然发起袭击，妄图掀翻拉的大船。甚至还想喝干所有的河水，让船无法前进。如果成功了，那么真是世界末日！可是，每次这个怪物都不会取胜！因为每次都有塞特帮助拉战胜这个怪物。这个塞特不被大家喜欢，但总会赶来帮助太阳神化险为夷。然后，太阳神拉会化身为一只圣甲虫——这是再次升起的太阳的象征。之后，他会在东方出现，而人们就在晨晖中苏醒。就是这样，太阳又一次战胜了黑暗，重新普照大地。

① 一说太阳船。——编者注

奥西里斯 冥界之王

万物的主宰

奥西里斯在底比斯出生的那天，就有使者宣布：万物的主宰即将降临人间。他说得一点没错！奥西里斯是位十分高大的神，有8腕尺6掌3指高（约4.5米）。奥西里斯是天空女神努特的长子，但他的父亲是谁呢？一说是大地之神盖伯。另一说太阳神拉是他的父亲。不论怎么说，奥西里斯是这个著名神族的长子，塞特和大荷鲁斯是他的弟弟，而伊西丝和涅斐提斯则是他的妹妹。

承继的埃及

没有人知道奥西里斯的名字究竟是什么意思。但由于他继承了埃及的王位，所以人们尊敬地称他为“拥有一切的人”。作为埃及之王，他头戴阿太夫王冠，这顶王冠类似上埃及的白冠，两边有鸵鸟羽毛，象征着权力、正义和真理。与他弟弟妹妹们不同，奥西里斯的外貌从头到脚都和凡人差不多。作为教化之神，他教给当时蒙昧的埃及人法治、艺术，还有园艺！就是在他的指导下，埃及的农业才逐渐发展起来。

如此杰出的他并没有独揽大权，而是和他的妹妹伊西丝共同执掌国家。然而这位强大女神的魔法不足以挫败弟弟塞特的阴谋，塞特由于仅仅继承了贫瘠的沙漠，一直耿耿于怀。因此，他总是伺机报复。

第一个木乃伊

奥西里斯执掌了埃及近28年，在此期间，他的兄弟塞特出于嫉妒，召集了几个同伙来陷害他，把他关在一个为他量身定制的棺材里，又把棺材投入滚滚的尼罗河中。过了一段时间，塞特觉得淹死他太便宜他了，又找到了他的尸体，把尸体撕成数块，扔到埃及四处。后来多亏了妻子伊西丝的爱和执着，以及众神的帮助，奥西里斯的尸体被找了回来，然后辅以香料，被精心制作成了埃及的第一个木乃伊。（见第24页）

象形文字中的奥西里斯

冥界的判官

奥西里斯全身被裹起来，只有手和脚露出来。他的双臂放在胸前，拿着曲柄杖和连枷。由于长时间在水中浸泡，他的皮肤呈现绿色。后来，在神力的作用下，他死而复生，成为永生的神。

由于弟弟塞特从他手中窃取了王位，奥西里斯就在西方建立了他的新王国：冥界。对一个死而复生的神来说，还有什么使命比审判死者更合适呢？因为埃及所有的人，不论是男人、女人、小孩，不论是农民、法老，总有一天都会来这里报到。

灵魂的重量

为了知道来到冥界的亡灵生前是做好事多还是坏事多，奥西里斯在冥界设立了一个审判庭，称一称来人的灵魂，并且还有一套严格的程序：把心脏放在天平的一端，然后在另一端放一根代表正义、真理的鸵鸟羽毛。坐在奥西里斯下首位置的托特神监督着这一切。他还会仔细记录下所称的结果，好让亡灵心服口服。如果天平不偏不倚会如何？那么奥西里斯就会赐给这个亡灵永生，并让其进入冥界的乐土雅卢。但如果放着心的那头沉了下去，亡灵就会被扔去喂怪物，进入长着鳄鱼头、狮子上身和河马下身的怪兽腹中，永世不会翻身。就这样，奥西里斯主宰着冥界，并且威名远扬。埃及人崇拜和敬畏他，但都避免提到他的名字，都诚惶诚恐地叫他——冥王。

伊西丝
具有魔力的王后

奥西里斯的妻子

这位女神以她光彩照人的容貌、额头上戴着的头冠，以及深色头发上方两只牛角间的月形盘[1]而闻名。尼罗河中有一座小岛叫菲莱岛，那里有供奉她的菲莱神庙。她用神力护佑着埃及，保护人们不受敌人的侵害，并且医治病人。她是位十分睿智的神，尽管有时也非常严厉，但对她的儿子荷鲁斯、侄子阿努比斯和丈夫奥西里斯却十分关爱。她和丈夫一起护佑着埃及。

太阳神拉的秘密名字

埃及的神都有好几个名字，有些名字被人们熟知，并且在求神护佑时会用到。但有些名字，神祇们却不愿意透露，因为这些名字关系到他们最隐秘的力量：告诉了其他的神祇，他们就会失去一部分力量。这就是为什么埃及神祇中最强大的那些，比如太阳神拉，都会小心翼翼，不透露他们隐藏的名字。但聪明的伊西丝却有办法，为了得到太阳神的一部分力量，她用泥土和从太阳神那里偷来的唾液捏了一条毒蛇，然后让蛇去咬太阳神。当拉奄奄一息的时候，她许诺可以治好他，但必须要说出她想要的名字。无奈的拉只好把自己隐藏的名字说了出来。拉因为伊西丝的诡计生了她很长一段时间的气，然而伊西丝也守住了拉的秘密，从那以后，没有让任何神或人知道那个名字。

① 一说日盘。——编者注

七蝎女神

一天伊西丝决定到埃及四处走一走，于是她就化为了人形，七条忠心耿耿的大蝎子跟在她身旁。她走到一个村庄，想要借宿，可当她去敲一个有钱人家的门时，女主人被她的怪物随从吓坏了，把她拒之门外。后来，一个住在破房子里的穷人收留了他们。由于气不过，这群蝎子的头领就想报复。于是，它趁着月黑风高，悄悄潜入了之前那户人家，蜇伤了女主人的孩子。看到儿子被蜇伤，女主人非常着急，四处求医，可跑遍了整个村子，都找不到能治的医生。得知此事的伊西丝觉得不能让这个无辜孩子的死去，就说出了自己的真实身份，并用神奇的魔力治好了孩子。看到孩子得救了，这位妈妈就把所有的财富都给了那个穷人，以感谢女神。从此以后，人们只要被蝎子蜇了，都会去求伊西丝赐福。

塞特的敌人

一天，伊西丝得知丈夫奥西里斯被一直觊觎他王位的弟弟塞特所杀，非常悲伤。为了除掉他，塞特居然设计把他封死在一个棺材里，扔进尼罗河，妄图让河水把他冲走，将他淹死在海里。思夫心切的伊西丝就化为一只云雀，没日没夜地寻找，一心想在茫茫的天地间找到丈夫的尸首。功夫不负有心人，她终于找到了！欣喜若狂的她在丈夫周围不停地扇动翅膀，终于将几丝鲜活的空气注入了丈夫的体内，让他短暂地复活了。夫妻团聚了，是夜之后，伊西丝就有了他们的孩子。荷鲁斯出生以后只有一个愿望：替父报仇……最后一次和奥西里斯拥抱后，伊西丝把亡夫的棺材藏在了尼罗河三角洲的某个隐蔽地方。

第一个木乃伊制作者

可毕竟狠毒的塞特还活着。一天晚上，在月光下狩猎的他发现了奥西里斯的墓地。气急败坏的塞特，这次把尸体撕成了十四块，还扔得全埃及都是！坚贞不渝的伊西丝又一次擦干泪水，踏上寻找亡夫尸体的旅程。经过十二天的艰难寻找，她终于找到了十三块，可最后一块怎么也找不到了。原来，这第十四块被扔到了河里，给鱼吃掉了。最后，她将找到的拼成人身，敷上香料，裹上缠带，用魔力复活了奥西里斯。伊西丝又一次把丈夫从死神手中抢了回来，并让忠实的阿努比斯去护佑他。就这样，在妻子的魔力下，奥西里斯得到了永生。

亚洲
皮－拉美西斯
利斯
西奈
红海
卢克索

塞特
可怕的神

骇人的怪物

塞特有着长嘴和高高的长方形耳朵，看着就像一个奇怪的动物！没准他的外表是纯粹虚构的？他不是像头驴，就是像只貘，或者像一只晚上才出来觅食，对着月亮嚎叫的非洲土豚。他一直十分神秘，没人确切知道他到底长什么样，只知道他舞动雷电，制造各种混乱和无序，不是在埃及引起各种纷争，就是招致各种灾害。反正不论是刮风、下雨还是其他风暴，都少不了他的影响。

象形文字中的塞特

可怕的出生

塞特也许是天空女神努特的孩子。他出生的时候，就展现了十分残暴的一面：有人说是他母亲狂吐不止，把他给吐出来的；也有人说他根本就没有等他母亲生他，就撕开母亲的肚子，从里面蹦出来了。因此，孕妇都特别害怕塞特，他还是她们的保护神河马女神（即分娩女神）塔维瑞特的敌人。

兄弟之间的残杀

就是因为有这样的品性，塞特四处树敌，首先就是他的长兄奥西里斯。由于觊觎兄长的王位，想取而代之，塞特不停地算计奥西里斯。趁着一次盛大的宴会，塞特设计了一个恶毒的圈套。他秘密打造了一口精美绝伦的石棺，在宴会上，他邀请每位宾客去试，说要献给躺在里面最合适的那位。结果等到奥西里斯躺进去的时候，塞特和同伙们突然跳了上去，关紧了盖子，把奥西里斯关在了里面，然后把石棺扔进了尼罗河。塞特就这样篡了位。

塞特与荷鲁斯之争

塞特接下来要对付的是奥西里斯的儿子荷鲁斯。他们的竞争采取了许多形式，一会儿赛艇，一会儿还要化为河马在水里憋气，不惜一切代价也要分出高下，直到最后两败俱伤：塞特把荷鲁斯的眼睛挖了出来，而后者也把塞特的生殖器给切掉了。虽然后来塞特治好了伤，但还是失去了王位。最后众神决定让荷鲁斯登上王位。

黑暗中的一束光

塞特虽然脾气不好，但也有一些优点，这些优点只有在晚上和太阳神拉一起在冥界的时候才能显现。在那时，塞特会下到冥界，和太阳神一起登上渡过冥河的船，陪同保护太阳神，帮助太阳神战胜河中的怪蛇阿波斐斯，确保太阳神安全渡过冥河，第二天早上再次从地面升起。由此可见，虽然他有时很霸道，经常生事，但没有他的力量和帮助，太阳神拉也不会赢得黑夜中种种恶斗的胜利，世界就会始终一片黑暗。

荷鲁斯
鹰头人身保护神

危险的童年

荷鲁斯能顺利出生，多亏了他母亲伊西丝的勇敢。当时，失去了丈夫奥西里斯的伊西丝，正在到处躲避塞特的追捕。尽管她精疲力竭，但还是在千难万险中生下了鹰头人身的荷鲁斯。由于早产，刚出生的荷鲁斯又小又弱。在现存的雕像上还能看见他光着身子，没有几根头发，甚至还吮着手指头的样子。艰难地出生后，他遭到了叔叔塞特的憎恨，塞特派出蛇蝎大军追捕他，追遍了埃及！尽管非常弱小，但荷鲁斯每次都在母亲的帮助下化险为夷。智慧和谋略总会在关键的时候更胜一筹。

从弱小到勇猛

虽然起初十分弱小，但随着荷鲁斯慢慢长大，他逐渐强大起来，并成为天地间一位重要的神。他从伊西丝那里继承的魔力，使他成为一个神医，但他的力量远不止于此。荷鲁斯成年后，变得非常高，几乎和天一样。他还把太阳和月亮摘下当自己的双眼，这样白天和黑夜他都可以视物！但在一次打斗中，塞特伤了他的月亮左眼。从那以后，他的视力就下降了，只有在夜晚星辰逐渐升起时，视力才会一点点地恢复。这就是为什么埃及人喜欢把“荷鲁斯之眼”画在船首、护身符和大门上，因为他们相信这总会恢复光明的月亮会护佑他们，并给他们带来好运。

滑稽的审判

长大以后的荷鲁斯，决定要为父报仇，夺回失去的王位。于是他和母亲伊西丝一起到了神界法庭，指控塞特夺走了他的王位。当着众神的面，他慷慨陈词。众神都觉得他说的有道理，可偏巧当时太阳神拉去巡游了。他回来后勃然大怒，深信荷鲁斯太年幼，无法统治国家，只有塞特才能打败黑暗的地下势力，才能保护他，所以他要求重新审判。更糟糕的是，他对伊西丝没完没了的抱怨感到愤怒，还把法庭放到了一个戒备森严的小岛上，禁止她踏入半步！

他的别称

双地平线之神

象形文字中的荷鲁斯

富有戏剧性的一幕

要是没有母亲的助力，仅凭自己的力量，荷鲁斯很难对付塞特。所以有一段时间，他都觉得没什么指望了。幸运的是，母亲的睿智依然护佑着他。伊西丝找到了法庭所在的小岛，假扮成一个美丽的少女，骗过了看守的卫兵。成功上岛的她千方百计接近塞特，并诱使他讲话。被美色迷住的塞特完全失去了警觉，向伊西丝吐露了太多的心声，甚至还承认荷鲁斯确实应是王位的合法继承人！而就在塞特亲口承认后的一刹那，女神大笑着现了原形。塞特大惊失色，可为时已晚。看到塞特自己“不争气”，当众亲口承认了这件事，太阳神拉也只好无奈地宣布荷鲁斯正式成为国王。而愤怒的塞特怎会善罢甘休，一场更加残酷的大战又开始了。

争夺王位之战

这场大战持续了很长时间，可以说是一场善与恶，和平与暴力，秩序与混乱的决斗。最后荷鲁斯获胜，塞特只好暂时作罢，但他还是不服气。后来他成为风暴之神，有了与执掌明亮天空的荷鲁斯抗衡的力量，于是他们一个管着刮风下雨，一个统治好天气，势均力敌。从那时起，法老就习惯把自己说成是荷鲁斯的后代，而作为新王权代表的荷鲁斯也守护着埃及。虽然人们很少在地上看到他，但荷鲁斯总在天上俯瞰着整个埃及，审视着一切，不论是田地还是村庄。他就像高空中的老鹰，虽然只是天空中的一个小点，但只要发现地上有任何需要救护的东西，就会以迅雷不及掩耳之势冲下来，迅速而准确。

托特
时间和智慧之神

万物创造者和月亮之神

托特是太阳神拉和一个女神的孩子。他出生时，一片混沌，大地刚从水中升起。他用声音的力量创造了万物。只要他说什么，世界上就有什么：河流、海洋、湖泊、风、野兽、鸟类、家畜和植物等。他不停地说，世界一天天变得多彩和丰富！后来，太阳神拉还让他帮助天空女神、星辰之母努特，因为她没法在当时只有 360 天的一年里生下新的孩子。为了帮助她，托特就和月亮打了个赌，赢了之后，他就在每年的日历中又加了 5 天，这样努特就有了更多的时间，后来就生下了奥西里斯、塞特、伊西丝和涅斐提斯等。

言语之神

因为特别喜欢文字的力量，一天早晨，托特以在尼罗河沿岸玩耍的动物为灵感，发明了书写。第一个灵感来源是朱鹮，因为这种鸟在河岸上寻找食物的时候，总会用长长的弯嘴挖出泥土，在沙子上留下很多痕迹。然后是狒狒，它们在玩耍的时候会手脚并用，在地上留下无数的抓痕。受这些启发，他慢慢地就发明了 5000 多个象形文字，并培养了掌握这些文字的书写者，以记录和保存埃及丰富的历史和文化。所以后来，这位神经常以佩戴新月冠及鹮首人身的形象或狒狒的形象出现，也就不奇怪了。

无所不知的神

随着托特发明的词汇越来越多，他变得越来越强大和有学问。他还是唯一一个能记住一切的神！因此，太阳神拉让他去负责记录整个埃及的历史。他把法老们的名字和功绩记在“太阳城”赫利奥波利斯的一棵圣树的叶子上。此外，托特也非常喜欢学习各方面的知识，从艺术到科学：音乐、诗歌、数学、几何学等。他不知疲倦地把学到的知识记在许许多多的纸莎草纸上，然后藏在埃及各个寺庙深处不被发现的角落，远离人们的视线。据说他有时会让一些文士去查阅。那些未经允许就阅读上面文字的人要小心：可怕的诅咒在等着他们呢！

象形文字中的托特

医生和魔法师

托特的才智还延伸到巫术上。作为巫师的鼻祖，他利用自己的天赋，把所知道的秘密告诉医生，治好了很多人的病。当然他的力量绝不止于此。他连神的各种疑难杂症都能治好：当年塞特把荷鲁斯的眼睛挖出来，撕成了六块，就是他去治好了荷鲁斯。正因为如此，直到今天，埃及人还照那颗幸运之眼的样子制作吊坠佩戴，以祈求好运。托特不但善治百病，还能起死回生：当奥西里斯被塞特害死以后，正是他向伊西丝的耳朵里吹气，让她用神奇的力量把丈夫的亡灵召回，使奥西里斯起死回生。托特就是用他的这些力量，保持着各方的平衡。当神祇之间发生纷争时，托特会确保他们得到平等的对待，不让任何一方占便宜。

太阳神拉的好助手

太阳神拉对托特的才能惊叹不已，把他当成自己的好帮手和可信任的神。每天晚上，当太阳神下到冥界时，托特就代替太阳神承担起维护人界秩序的重任。每天黎明前，那些跟随他的狒狒也会通过大喊大叫告知他太阳神归来了。此外，很多时候，拉也会跟自己的这位好帮手讨论治理国家的方法，一起划定各个地区的边界，或者商议如何建造神殿和庙宇。但也由于对一切了如指掌，托特有时也很无聊、自负，甚至话多。这也会惹恼那些不愿意听他絮絮叨叨，或者不想看他一手遮天的神。

哈托尔
圣牛

她的别称

美丽女神

她的标志

圣西斯特尔叉铃

默纳护身符项链

两角之间的太阳圆盘

是牛，还是神？

这仅仅是一头牛吗？当然不是，这是位女神！不论是以动物形象出现，还是以带有牛角的女人形象出现，哈托尔都是生活各个方面的化身，特别是那些最令人愉快的——爱情、欢乐、音乐、舞蹈、饮酒和庆祝活动，都要归功于她。哈托尔是太阳神拉和天空女神努特的女儿。不但尼罗河沿岸的居民们对她喜爱有加，她的声望还传出了埃及的疆域，连利比亚都有人崇拜她。人们会为这位神祇举行各种活动，对她崇敬有加的法老们也会被称为“哈托尔之子”。在埃及象形文字中，哈托尔还是“荷鲁斯之家”的意思：埃及古老的神王之一——荷鲁斯当年曾受这位牛神的养育和护佑。

神牛和银河

哈托尔身形优美，身着窄窄的束腰外衣。她的手臂上戴着手镯，精心编织的头发下，她的牛耳为她增加了几分神秘感。但最令人神往的还是她脚下——被四根天柱支撑起来的美丽夜空，埃及人熟知的银河在那里闪闪发光。

生命女神

这是哈托尔作为助产神的别称，因为她能够帮助埃及妇女分娩，很多新生儿都以她的名字命名，以示感谢。女神自己也有一个儿子伊希，他是位非常热爱生活并且喜欢音乐的神。哈托尔对埃及人十分慷慨，给他们带来了财富和繁荣。每年，当她乘船顺尼罗河而下时，人们都欢呼。因为她所到之处，都会有鳄鱼神引来的大水，大水带来的淤泥使尼罗河两岸的土地变得肥沃，为人们带来最大的幸福。而这种泛滥的大水，也非常像妇女们在生产前的“破水”——一个分娩的预兆。

最后的送别

哈托尔一直保佑着埃及人，从他们出生到死亡。只要有人过世了，她都会前来送别！她从纸莎草丛或从无花果树（这种树的木头在埃及用来做棺木）后现身出来，欢迎他们进入来世。她会给他们吃的和喝的，然后递给他们缀着珍珠的神奇宝链，链子的另一端在女神的背上，它是重生的象征。当死者触摸链子的时候，女神就会给他们重生的力量，对埃及人而言，死亡是一种重生。

愤怒的牛神

哈托尔既因仁慈而受到爱戴，也因不好惹而被惧怕。有一次，太阳神拉发现下埃及的人密谋推翻他，就派出变成了一头猛狮的哈托尔去追杀那些闹事的人。很快，血流成河，叛军被镇压了下去。看到差不多了，拉就想结束这场残酷的追杀。可让狂躁的哈托尔收手不是一件容易的事。此时的她像脱缰的野马，谁的话也不听，哪怕是父亲的。为了降服住她，太阳神把染红的啤酒倒在她面前，哈托尔以为自己面前的是血，不管三七二十一，拼命地喝起来，最后酩酊大醉，一动不动了。醒来之后，哈托尔又变成了一头安静、人见人爱的圣牛。所以，哪怕是最安静的女神，也有发怒的时候！

索贝克
孤独的鳄鱼神

水陆两栖

索贝克的历史可以追溯到几千年以前，那时大地之神盖伯想偷太阳神头上戴着的象征权力的眼镜蛇，可蛇复活了，从口中喷出了毒液，伤了盖伯的脸。为了减轻他的痛苦，他的仆人抓来了太阳神的几丝头发[①]，把它敷在盖伯的伤口上。当他们将绷带放入尼罗河水中净化的那刻，索贝克从浪花中诞生了。从此以后，这个看起来像鳄鱼的神，一直远离其他神祇，孤独而沉默地生活着。他拖着巨大的、绿色的身体，有时在水里，有时在陆地上。没有人知道在哪里能找到他，因为索贝克总是犹豫不决：是在水里游动，还是在河边芦苇丛中小憩或乘凉？似乎他一生都在犹豫徘徊。

象形文字中的索贝克

捕食者的世界

人们还称呼他为“尖齿索贝克”“愤怒的索贝克”或者“偷牲畜的索贝克”。这些称呼一点都不为过，因为尼罗河两岸，包括周围的沼泽都是他的地盘，他还是这里鳄鱼的头儿。埃及人对这些强大又神出鬼没的鳄鱼再熟悉不过了。有的时候，这些家伙会在草丛里装睡，有的时候会伪装成一块漂浮的木桩子。它们会突然出现，一口咬住粗心的人的胳膊或腿。因此，进犯埃及的敌人，在过河之前都得三思：那些令人害怕的鳄鱼，会不会在索贝克的带领下，发起攻击啊？当然，不论什么神，哪怕再可怕，也不会是完全邪恶的，索贝克也是如此。就像他在陆地和水之间，在睡眠和狩猎之间犹豫不决一样，他有时倾向于秩序和善的一方，有时又倾向于邪恶和混乱的一方。

王国的保护者

在埃及象形文字中，力量这个词的形状就类似于鳄鱼。这可不是偶然，因为这种动物本身就象征着纯粹的力量。但有意思的是，尽管如此狂野，鳄鱼对待小鳄鱼却是关心备至的，它们会用嘴小心翼翼地搬运自己的幼崽，丝毫不会伤害它们。所以很多埃及法老也喜欢像这样，被鳄鱼神索贝克保护。当然，索贝克最大的力量无疑是统治尼罗河水域，这对所有埃及人的生活都至关重要。索贝克的强大力量能使尼罗河水泛滥，给农民带来福祉：大水过后，土地变得肥沃，人们就可以在被水滋养的田地上耕作，收获小麦、燕麦和高粱。所以都说没有索贝克就没有丰收，没有富足的生活！当尼罗河水上涨的时候，就是他在露齿狂笑，看他露出了多少牙齿，就知道他笑得多厉害了！

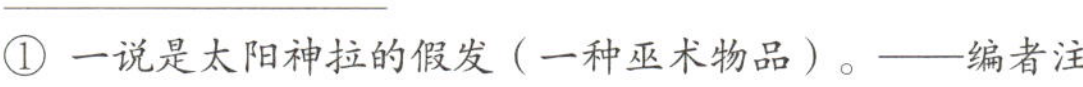

① 一说是太阳神拉的假发（一种巫术物品）。——编者注

善于救命的索贝克

在极少数情况下，索贝克也会从“老巢”中出来帮助其他落难的神。比如，女神伊西丝怀着荷鲁斯四处躲避塞特的追杀时，他就伸出了援手。他还潜入泥泞的尼罗河中，尽力帮助伊西丝寻找被塞特扔进河里的其丈夫奥西里斯的尸块。后来，他还帮助荷鲁斯把他的四个儿子聚集在一起：当他们一个个在河中的莲花上出生的时候，索贝克小心翼翼地把他们放在一张网里，然后护送到河岸上。

以他命名的城市

法尤姆是埃及一个富庶的地区，这里的人们非常敬畏、崇拜索贝克，他们建造了一个以他的名字命名的城市，即“鳄鱼城”，还在城里为他修建了一座庙宇。为了表达敬意，人们给这里鳄鱼的鳞甲上镶嵌珠宝，给它们的耳朵挂上金耳环。还有专人每天喂它们肥美的肉和涂了蜂蜜的食物，这些家伙只需在池塘边无忧无虑地生活。它们死后，还会受到几乎和法老一样的待遇，被精心地做成木乃伊，然后放到如迷宫般隐秘的深洞中。

阿努比斯
招人喜欢的胡狼神

他的别称
引路者

象形文字中的阿努比斯

胡狼神

阿努比斯是埃及很古老、也很受人尊敬的一位神。他的样子有时是胡狼头、尖耳朵的人形；而有时就完全是动物的样子。但是，谁能猜到他的真实面目呢？是只野狗吗？还是古埃及“法老的猎兔犬”的一种？或者只是一只黑色的狐狸？但更有可能的，它是一种胡狼。每当夜幕降临的时候，这种鬼鬼祟祟的小动物，就会去坟墓里寻找残尸腐肉充饥。

亡灵的向导

阿努比斯的一个神圣使命是做亡灵的向导。当一个人咽下最后一口气后，阿努比斯会带他去奥西里斯的审判庭。亡灵会在那里受到审判，但这条通向最终审判的道路布满荆棘。所以，胡狼神阿努比斯会陪着亡灵登上太阳神拉的船，穿过可怕的地下世界。这也就是为什么古埃及人在下葬的时候，会在棺材里放一本写在纸莎草纸上的《死亡之书》，这本书会指引他在黑暗之中前行。

木乃伊制作之神

当然，阿努比斯最神奇的能力就是防腐，这种技术可以使死者的尸体和生前几乎一模一样！所以，古埃及人有一项享誉世界的传统：木乃伊制作。也正是因为这位神，诸如埃及拉美西斯二世等多位著名法老或不那么出名的埃及人的身体能够历时三千多年而几乎完好如初！据说，奥西里斯就是他做的第一个木乃伊，当时奥西里斯的身体已经分成了数块，所以他想出了个绝妙的主意，把这些散乱的部分用亚麻布条整合制作成了完整的木乃伊，让奥西里斯能够再次以自己的面貌复活和永生。①

① 还有一说法是伊西丝将奥西里斯的尸体做成木乃伊，阿努比斯从旁协助伊西丝。——编者注

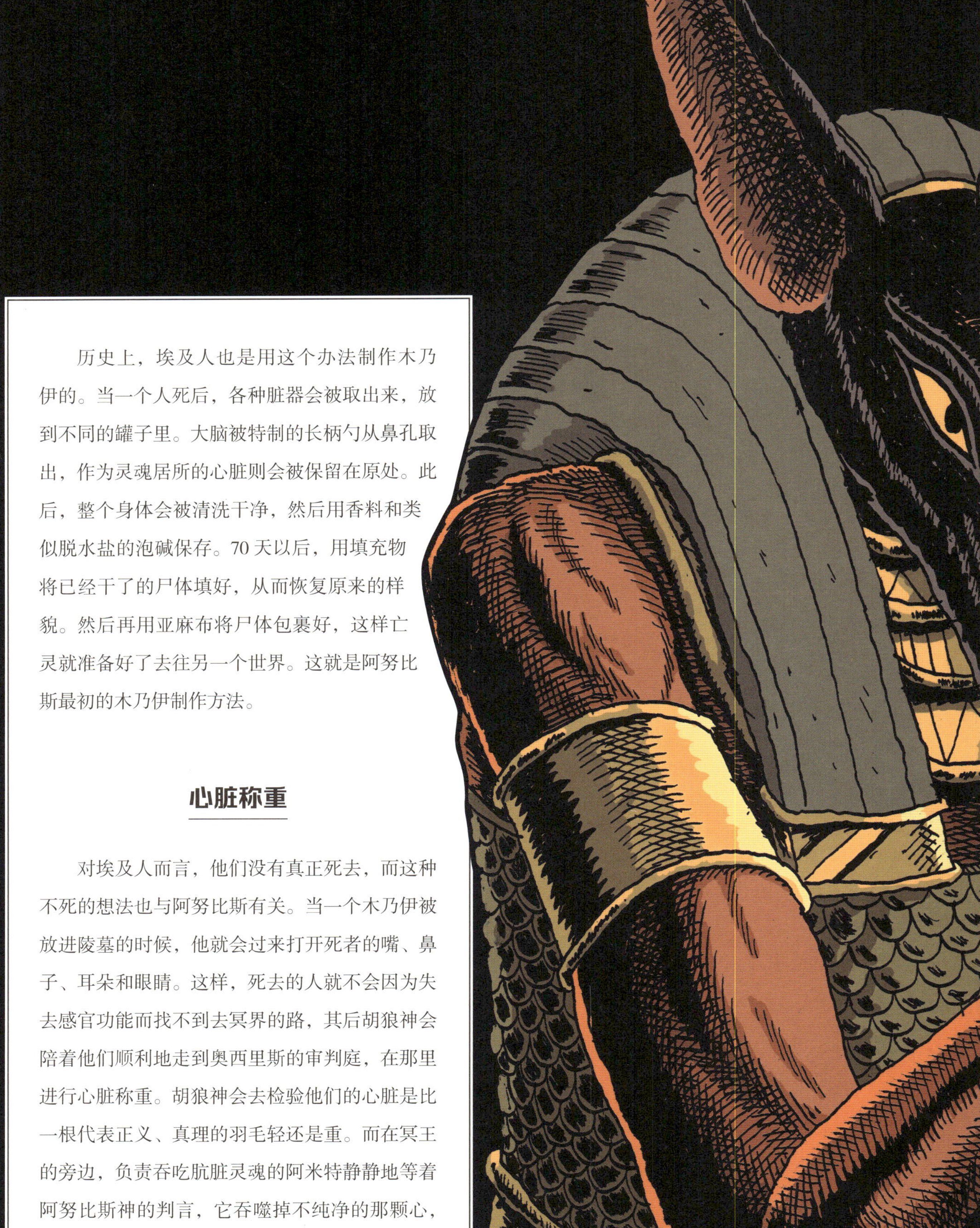

历史上，埃及人也是用这个办法制作木乃伊的。当一个人死后，各种脏器会被取出来，放到不同的罐子里。大脑被特制的长柄勺从鼻孔取出，作为灵魂居所的心脏则会被保留在原处。此后，整个身体会被清洗干净，然后用香料和类似脱水盐的泡碱保存。70 天以后，用填充物将已经干了的尸体填好，从而恢复原来的样貌。然后再用亚麻布将尸体包裹好，这样亡灵就准备好了去往另一个世界。这就是阿努比斯最初的木乃伊制作方法。

心脏称重

对埃及人而言，他们没有真正死去，而这种不死的想法也与阿努比斯有关。当一个木乃伊被放进陵墓的时候，他就会过来打开死者的嘴、鼻子、耳朵和眼睛。这样，死去的人就不会因为失去感官功能而找不到去冥界的路，其后胡狼神会陪着他们顺利地走到奥西里斯的审判庭，在那里进行心脏称重。胡狼神会去检验他们的心脏是比一根代表正义、真理的羽毛轻还是重。而在冥王的旁边，负责吞吃肮脏灵魂的阿米特静静地等着阿努比斯神的判言，它吞噬掉不纯净的那颗心，让善者带着轻巧的心得到永生。

巴斯特
猫神

太阳神拉的女战士

可不要小看一只睡着的猫，没准它是个狠角色！太阳神拉的女儿巴斯特就是这样一位猫神，她有时乖巧，有时突然暴怒。当她发怒的时候，会变成狮面女战士塞赫曼特，咆哮着扑向父亲让她攻击的敌人。她咆哮着先从嘴里吹出炙热的沙漠之风，然后突然从藏身的草丛中跳出进攻。而当敌人被吓得四处奔逃时，她又会无情地发射毒箭，使瘟疫在敌人中传播，造成无数伤亡。每个胜利后的夜晚，法老们都会举行祭祀活动来感谢这位女神。当然，必须让好战的她先平静下来！他们一般会求助她的兄弟托特，因为只有他才能让这个勇猛的女战士安静下来。这时，这位与月亮有关的神，就会从塞赫曼特变回巴斯特女神，从一头猛狮变成一只温顺、乖巧的小猫。

在屋角处

安静时的巴斯特，样子十分乖巧，埃及人把她看作平静和安全的象征，她也很快成为人们熟悉的女神。由于埃及到处都有猫，所以猫神巴斯特有了无数的手下。不论在法老金碧辉煌的宫殿，还是在穷苦百姓四处漏风的小屋，都能看到四处游走、行动谨慎的猫。巴斯特也会亲自巡视，静悄悄地四处走动，不放过夜里任何一点细小的响动，护佑着每家每户。即使她在屋角、枕头上或火炉边睡觉的时候，也总是只闭上一只眼睛。因为她时刻保持着警惕，随时准备扑向任何胆敢偷谷物或者面粉的老鼠。

她的别称

太阳神的狮子女战士

太阳神拉的暴怒

象形文字中的巴斯特

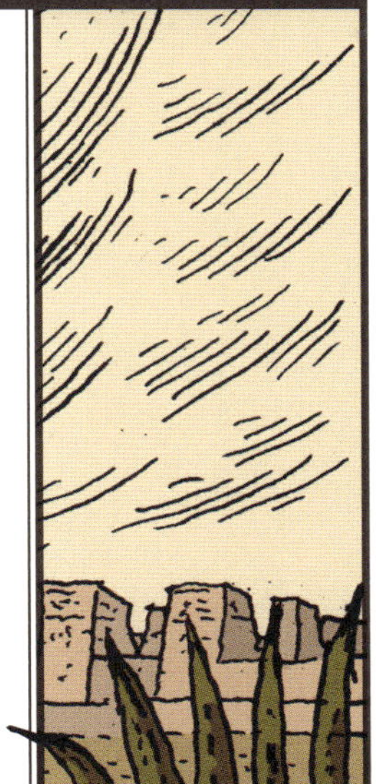

保护伤员和新生儿

在战场上，巴斯特还以能够治疗伤员和巧妙用药而闻名。虽然有着猫的外形，但这位女神还是一名医生，一名兽医。她帮助伤者，告诉祭司们如何制作治疗外伤和骨折的药膏和敷料。作为音乐和香水之神，她还会亲自来到伤员的卧榻边，通过她的存在，分散伤员的注意力，让他们安心。此外，她还会来到即将分娩的孕妇床前，像母猫照顾小猫一样，保护新生儿。所以，为了得到她的护佑，埃及妇女喜欢在脖子上佩戴有她图像的项链。如果你发现有的首饰上有她和几只小猫的图像，千万别惊讶，这是女主人在祈福，上面有几只猫就说明她想要几个孩子！

对巴斯特的崇拜

埃及人对女神巴斯特的喜爱与日俱增，猫在埃及人心中也逐渐有了特殊的地位，就像印度教教徒对待牛一样，因为每只猫都可以看作巴斯特的一部分。由此，人们在家中会善待它们。而当猫死了以后，家里的人也会像失去了亲人一样悲痛，会为猫送葬，还会剃去自己的眉毛表示哀悼。有这么一个故事：有一次，一座埃及城市被敌人包围，阴险的敌人让攻城的士兵都抱上一只猫，由于害怕误伤猫，守城的埃及人都没有放箭，就这样，这座城市沦陷了。

猫的庙宇

在埃及布巴斯提斯城中的一座小岛上，还有一座专门祭祀这位女神的“猫庙”，而这座城市的名字也是“巴斯特之家”的意思。每年，当地都会举行盛大的活动，纪念这位女神。成千上万的人通过唱歌、跳舞，向她致敬。他们还会向这里养的圣猫祈祷。祭司会用来客敬献的沾有牛奶的面包，或尼罗河的小鱼来喂猫。而当猫死了以后，人们也会把它们做成木乃伊。这里有多达三十万具猫木乃伊！因为人们希望自己死后到了冥界，也能和自己喜爱的猫相会。

普塔
伟大的建筑师

他的别称

开路者

象形文字中的普塔

丑陋的能人

普塔的样子十分丑陋，皮肤是绿色的，还长着长长的胡子，头部被布带紧裹，身体也常年被布带绑缚着，只有双手未被束缚，看起来并不像一位神！但在埃及，他是一位非常重要和古老的神，甚至有人认为他比太阳神还要古老。他身体唯一能够灵活活动的双手，灵巧无比，简直就是一双锻造之手、巧匠之手和建筑之手！他手里总是拿着一个节杖，象征平衡和稳固。正是因为有了他，地才在人们的脚下稳固，不会被庙宇、城市和人类压塌。

手中的黄金

在埃及，普塔的作用是巨大的：如果没有他构思复杂计划的建筑师天赋，没有他组合石头的巧妙才能，法老们想要建造巨大的陵墓是根本不可能的；如果没有他的木匠知识，也不可能有尼罗河上往来穿梭的船只，不会有建造宏伟庙堂的各种器具；如果没有他手中的黄金，人们也制造不出包括斯芬克斯到图坦卡蒙金面具在内的各种珠宝饰物和雕像。

神之怒

虽然普塔的知识对人们非常有用，但他有时也十分可怕。只要被惹怒了，他危险的力量就会从地下——那幽暗、火光四射的锻造之地迸发出来。有时，因为炼铁的火焰变化，他会变得怒气冲冲，甚至导致山崩地裂。但好在他是一个坏脾气来得快也去得快的神，怒火平息之后，他又会和人们分享他的收获和成果。在埃及，人们也喜欢在庙宇的墙上画上他的耳朵，以提醒大家：普塔一直在倾听，并用仁爱保护着人类。

其他神祇

抓不住的神阿蒙

阿蒙神是埃及诸神中非常有名的一位，他名字的意思是“隐藏”！所以不论是神祇还是凡人，都不知道他长什么样子，只知道他有时会以一个法老的模样出现，皮肤颜色类似一种蓝色圣石——青金石；但他有时也会以一只鹅、一条蛇，甚至是一只公羊的形象出现。他的力量十分强大，最终等同于太阳神拉。他创造了一切：先是四大元素，然后又用这些元素创造了生命。他还创造了其他神以及整个埃及。谁也不知道他是怎么诞生的，他没有父亲和母亲。可以说他没有借助任何外力，就自己创造了自己。

不能分开的盖伯和努特

盖伯是大地之神，当他大笑的时候，大地就开始颤抖。他的妹妹努特是天空女神，当她也肆无忌惮地狂笑时，天上就开始打雷；而当她悲伤痛哭时，倾盆大雨就开始落下。他们与父母空气之神舒和水之神泰富努特一起，构成了四大元素。从地平线的这一端到另一端，努特将满是星辰的身子覆盖在大地之神盖伯之上。他们的结合生出了几个有名的孩子：奥西里斯、大荷鲁斯、塞特、伊西丝和涅斐提斯。

家庭保护神贝斯

他个头矮小，满脸胡子，眉毛又粗又长，却是埃及人非常喜爱的保护神。他看似丑陋的样貌恰恰能帮助人们赶走蛇蝎、飞虫和恶灵，让人们不受侵扰！就是因为有了他，埃及的男女老少才能够安心地睡觉。而当他不需要照顾人们睡眠的时候，他会变成一位天才的音乐家。在他经过的地方，他的竖琴声会传播欢乐和幽默。为什么埃及很多镜子上都有他的画像呢？因为他挑剔的眼神能帮人们更好地化妆。

分娩守护神塔维瑞特

这位女神是女性生育的最佳守护神。就是她用一块锋利冒火的火山石，干净利落地切断出生儿的脐带，然后守护着他们。她的身体既像河马又像鳄鱼，她还有母狮般的利爪，以及丰满的乳房，这些使她成为完美的抚育女神。最重要的是，她的保护能力非常强！她随时盯着那些胆敢靠近新生儿的恶灵。如果仔细看，她还有点像奥西里斯冥界审判庭那吞掉肮脏之心的怪物。所以，还是不要惹恼她，小心为妙。

压榨之神卡西莫

卡西莫用布袋和木头就能做出简易的“果汁机”，从花、葡萄和浆果中挤出各种鲜美的汁液。葡萄酒、果汁、香水和油也就由此陆陆续续地走进了埃及人的储藏罐和餐桌（尤其是那些最富裕的家庭）。卡西莫不但让世间的人们能够享受美味的果汁，用上可以敷脸的软膏，还会为逝去的人准备在旅途中需要的油和酒水。他确实是一位十分慷慨的神，但听说他也有自己的小秘密：他会用自己的“果汁机”搅敌人的头颅，对胆敢与神作对的人，他也会毫不留情，甚至会把他们炖掉。

羽毛女神马阿特

对一个代表真理、和平、正义和秩序的女神来说，还有什么工作比参与审判人类行为更合适呢？马阿特就是这样一位女神，她的头上戴着一根无与伦比的鸵鸟羽毛。在冥界，当奥西里斯的称重天平称死者的心脏时，这根神奇的羽毛就派上了用场，它被放在天平另一端充当砝码：那些生前作恶的人可要小心了，由于灵魂背负了过多的罪恶，必然会让天平倒向恶的那一头！而那些心里坦荡，心轻如羽毛的人则会走向永生。

陵墓的守护者涅斐提斯

涅斐提斯是木乃伊的守护神。涅斐提斯与伊西丝、奥西里斯和塞特是兄弟姐妹，她的名字是“宅第的女主人”的意思。她的任务就是守护石棺，尤其是守护那些用来存放逝者内脏的罐子。这些罐子形状类似俄罗斯套娃，里面装着逝者的各种器官，肝、肠、胃和肺等。

图书在版编目（CIP）数据

埃及众神 / (法) 拉斐尔・马丁, (法) 让-克里斯托弗・皮耶特著；(法) 德瑞安・德罗什绘；陈剑平译. -- 上海：上海文化出版社, 2021.8（2025.3重印）

ISBN 978-7-5535-2315-6

Ⅰ. ①埃… Ⅱ. ①拉… ②让… ③德… ④陈… Ⅲ. ①儿童故事—图画故事—法国—现代 Ⅳ. ①I565.85

中国版本图书馆CIP数据核字 (2021) 第127009号

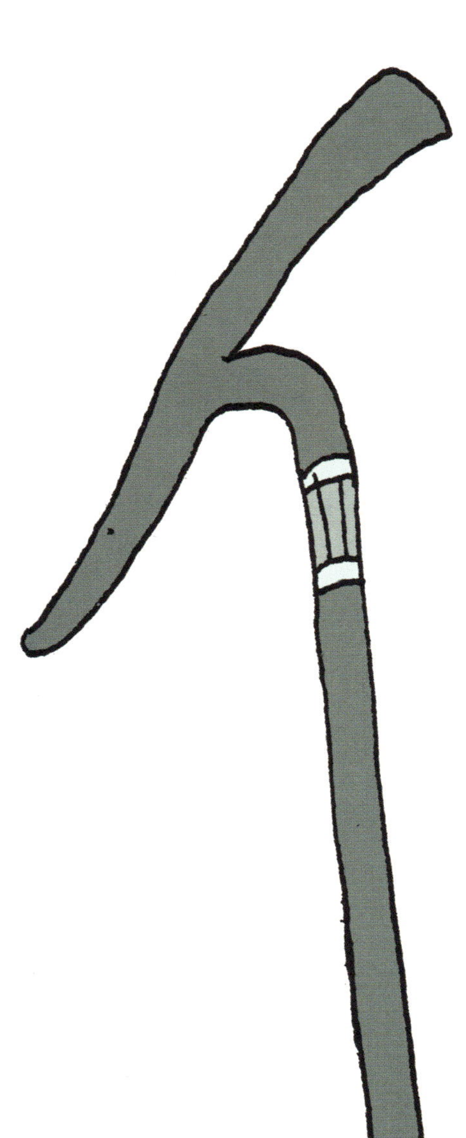

出 版 人　姜逸青
策　　划　北京浪花朵朵文化传播有限公司
责任编辑　葛秋菊
责任监制　王　頔
出版统筹　吴兴元
编辑统筹　张丽娜　杨建国
特约编辑　骆　菲
版面设计　赵昕玥
封面设计　墨白空间・王茜

书　　名　埃及众神
著　　者　［法］拉斐尔・马丁　［法］让-克里斯托弗・皮耶特
绘　　者　［法］德瑞安・德罗什
译　　者　陈剑平
出　　版　上海世纪出版集团　上海文化出版社
地　　址　上海市闵行区号景路159弄A座3楼　201101
发　　行　北京浪花朵朵文化传播有限公司
印　　刷　天津裕同印刷有限公司
开　　本　787×1092　1/8
印　　张　8
版　　次　2021年8月第一版　2025年3月第四次印刷
书　　号　ISBN 978-7-5535-2315-6/I.901
定　　价　88.00元